Ich kam in Gestalt eines Elefanten

Michel Decar

ICH KAM IN GESTALT EINES ELEFANTEN

MÄRZ

Einmal
kam ich in Gestalt einer Gewehrkugel
Und einmal kam ich als Schneeflöckchen angeflogen

Einmal kam ich als Braunbärenmutter aus dem Wald
Und einmal kam ich als ich selbst

Und dann kann ich mich noch erinnern,
an dieses eine Mal,
da kam ich verkleidet als mein Vater

Als Igel, der mit dem Kopf
im Becher eines McFlurry stecken geblieben ist
am Rand der Bundesstraße 2

Und einmal
– das ist lange her –
als Kristallleuchter
kaputt und zersprungen
in 1000 Teile
Ich gebe zu:
Das hat mir gefallen

Und du kamst einfach so,
unbeteiligt, die Hände in den Taschen
So wie du immer zufällig vorbeikommst,
wenn's brennt
So oft,
dass ich nicht mehr
an einen Zufall glauben wollte

Ich sagte, du bist das Feuer
und du bist der Tod
Dich habe ich nachts zwischen den Lämmern gesehen
in gefrorenen Schützengräben
bei den Mülltonnen hinter der Tankstelle

Dir zu glauben,
führte ins Nichts
Und dennoch konnte ich nicht anders
und tat es jedes Mal wieder
Ich glaubte dir alles,
was es auch war

Mal stürzte ich in mich zusammen
Mal war ich obenauf

Ich ließ mich ausnutzen von dir
und schlich mich davon

Und du?
Du schossest mich nieder
in der Nacht vom elften Mai

(Ist das wahr? Ja!)

Du sagtest einmal,
wir leben im Jahrzehnt der Heulsusen
Und ich sagte,
wir leben im Zeitalter des Mittagsmenüs
Vor und nach uns wird es keine Mittagsmenüs geben
nur Savannen und Dschungel

Also,
noch mal

Ich kam in Gestalt eines Elefanten
Als Axt-Mörder, ungefasst

Abraham aus dem Volk der Spatzen
Abraham aus dem Volk der Sterne

Ich kam mit meinem heiligen Gang,
du kennst ihn –
die Straßen entlang
schau, so –
Mit dem heiligen Schlendrian
in federnden Schritten

Ellenbogen wie Tischkanten, sagtest du
Und wenn du's sagtest,
wird's ja wohl stimmen

Ich
als schöner Mann
Als Bild eines schönen Mannes

Und du als Weltmeer
Grausame Ikone
Ein Komet,
den jeder kannte

Was wolltest du denn?
Du wolltest spielen
Sehntest dich nach der Schönheit des Spiels

Ich sagte: Wir sind Ungeheuer
Wir verschlingen, was wir in unsere Klauen bekommen

Wir liefen mit unseren Gummistiefeln durchs Meer
bestellten Sandwiches und Coca-Cola
später, im Restaurant
die Taschen voll Muscheln und Teer,
und du sagtest, du wüsstest gar nicht,
wer ich sei

Ich sagte,
ich bin der, der bis um 11 im Bett bleibt
der kaputte DVD-Player im Schrank
Auf mich kannst du nicht zählen
An deiner Stelle würde ich mich ab jetzt ignorieren
Ich bin wie der Sand, sagte ich,
ich lag schon immer hier
Mit mir wirst du nicht glücklich
Ich sagte, komm,
wir fahren mit meinem Citroën zurück in die Stadt
Schau, wie meine Augenbrauen zueinanderstehen,
wie Flugdrachen im Wind
Ich sagte, kannst du die Rechnung bezahlen,
ich habe kein Geld dabei

Und du sagtest, du hättest so eine Sehnsucht im Herzen
so eine,
ja,
so eine Sehnsucht
Du sagtest zur Kellnerin, für mich ohne Mayonnaise
Ich sagte, hier in K. machen sie auf alles Mayonnaise,
das ist hier ihr Fetisch

Du sagtest, deine Fetische seien
Gladiolen und Frankfurt am Main
Du sagtest, du hättest seit Jahren
nicht mehr geweint
Du sagtest, du wärest gerne mal im Unklaren,
das würde dich erregen,
verirrt in einer fremden Stadt
Du sagtest, einen wie mich könntest du nicht lieben,
damals auf dem Beifahrersitz meines alten Citroën
Du sagtest, du müsstest kurz eine Mail schreiben
Du sagtest, du reisest jeden Herbst in den Süden,
für ein anderes Leben wärst du nicht gemacht

Und ich sagte, du solltest niemanden berühren
Deine Finger sind Rasierklingen

Und später drehte ich mich um und schwor,
dich nie wieder zu sehen
Und glaubte mir das selbst nicht

Und später riefst du mich an und sagtest,
du hättest Gift geschluckt
Und als ich fragte: Wirklich?
– Nein, nur ein Bonbon

Du sagtest,
am liebsten hättest du Geld
und würdest spazieren gehen in Paris,
sonst nichts
Nur spazieren gehen
und Geld ausgeben
und abends würdest du mich anrufen
und mir erzählen,
für was

Für diese silberne Nadel,
für dieses traurige Büchlein
Du würdest sagen,
für diese Handschuhe,
die ich für dich in der
Rue Lafayette entdeckt habe

Du sagtest,
du würdest kein Wort Italienisch sprechen,
aber jedes Wort Italienisch verstehen
Du sagtest,
man müsse Entscheidungen treffen im Leben
Diese hättest du getroffen

Du sagtest,
manchmal hättest du Angst vor Hautkrebs
und einsamen Wochenenden

Eines Tages,
sagtest du,
schreibst du einen
unerhörten Roman

Also, sagte ich,
pass auf:

Einmal kam ich als CEO
zu spät zum Meeting
Die Krümel noch auf der Krawatte

Und einmal erkannte ich eine Wühlmaus
vor mir im Spiegel
Da!

Oft kam ich als Stechmücke
zum gekippten Fenster herein
Und hin und wieder
schmuste ich als Chihuahua auf dem Sofa,
das sicherlich auch

Oft habe ich gelogen
und manchmal betrogen

Und immer habe ich gesagt,
ich kann nichts dafür!

Schau mich doch an!

Und dann,
etwas später,
saß ich einfach nur da
und dachte an dies und das
und trank einen Schluck Sprudelwasser
und als ich auf die Uhr schaute,
war es bereits Viertel nach vier

Und du kamst mal wieder
nur als du selbst,
als Gespenst,
als mein sagenhafter Untergang

Du kamst hinunter von den Hängen des Himalayas,
von deinem Loft auf der Spitze des Nanga Parbat
Nahmst die Wendeltreppen wie eine Ringelnatter

So

Du sagtest, alles ist ein Business geworden,
die Revolution ist ein Business geworden,
die Wahrheit ist ein Business geworden,
die Moral war schon immer eins

Du würdest dir wünschen, ich wäre
dein Schmusekätzchen, deine Fickmaus,
die heilige Johanna der Denns-Märkte,
deine Mutter, die Königin der Nacht

Du sagtest,
du spielst nicht mehr nach den Regeln,
du machst jetzt dein eigenes Ding

Den Fehler,
Gerechtigkeit mit Macht zu verwechseln,
willst du vermeiden

Und ich,
ich wickelte mich in die Decke und schlief noch zwei Stunden

Ich drehte mich von der linken Seite auf die rechte
und von der rechten auf die linke

Ich sagte, komm,
lass uns einen Film mit Leslie Nielsen schauen

Und du sagtest, du könntest die taz nicht mehr lesen,
sie sei dir zu rechts

Einmal gabst du den Othello am Tresen
Und einmal bei Rewe an der Kasse
Einmal spielte ich Hamlet, die Nervensäge,
und du Richard, den Barmherzigen

Du sagtest,
du hältst es nicht mehr aus
in diesen Straßen und diesen Städten
Aus diesen Fenstern zu schauen,
macht dich krank
Also buchten wir den nächsten Flug overseas
und waren froh, entkommen zu sein

Und dann wiederum
liefen wir umher
im schrecklichen L.A.
Und vermissten unser
altes, lumpiges Europe
Unseren kleinen dummen Kontinent,
wo's Altbauten gibt und Gruyère
und schlecht gelaunte Mädchen
und Renten und Espresso

Und dann waren wir zurück
Wir sagten: Jetzt wird der Motor angeschmissen,
jetzt wird rasiert

Mir kam es vor,
als wären hier
irre Energien
im Raum,
irre Energien
am Werk

Und jeder, der dabei war
spürte sofort, was ich meinte
Aber es war ja keiner dabei
außer dir und mir

Du mit deinen Draculazähnen
Ich mit meinen Hyperneurosen

Mir kam es vor,
als wären hier
neue Dummheiten
am entstehen,
allerbrutalste Einbildungen
Und herrlicher
kann's ja gar nicht werden,
sagtest du,
hiermit sind alle Voraussetzungen geschaffen

Du sagtest,
auf neue Zeiten will ich mit dir trinken
und darauf,
dass allem Schönheit
innewohnt

Jedenfalls, wenn
man es will,
und du wolltest es,
ließest keinen Zweifel,
dass es so war

Du erkanntest Schönheit
im Griff der Kommoden,
im Trab der Ponys in der Manege
Du erkanntest Schönheit
im Schlaf
und in der Ungeduld kleiner Kinder
Ich erkannte sie
in Erscheinungen vor dem Fenster
und dann wieder ganz anders,
im Stillstand der Straßenbahn
Im Obszönen erkannte ich Schönheit
und schließlich auch im Mittagsmenü
des Restaurant Chez Prune

Da lagst du also
in deinem 4000-Dollar-Apartment
und konntest nicht schlafen
Und ist das Leben
nicht doch eine Enttäuschung
am Ende?

Du sagtest,
in meinem Kopf sitzt ein Stachel,
siehst du, hier
Dieser Stachel heißt Zufriedenheit
Siehst du, wie er mich sticht?

Ich will ehrlich mit dir sein,
sagtest du,
du wärst schon zu lange am selben Ort

Etwas zu zerstören,
wäre das, wonach du dich sehntest

Ich sagte,
ich verstehe dich nicht

Du sagtest,
das wundere dich nicht,
wir hätten uns noch nie verstanden

Du sagtest,
du möchtest mit mir überall leben
Nur nicht hier,
in der Wirklichkeit

Du sagtest,
du würdest mich gerne
an der Garderobe aufhängen
und nach dem Essen in mich
hineinschlüpfen
in einer kalten Nacht

Ich sah deine Tränen
live im TV
und war schrecklich berührt
Und dachte, diesmal –
Diesmal meinst du es ernst

Und einmal lagen wir am Samstagmorgen im Bett
und du hast so mit meinem Penis herumgespielt,
und ich habe gesagt, ja,
weiß ich jetzt auch nicht

Ich sagte, ich träume oft von Taranteln
Was mag das bedeuten?
Du sagtest, vielleicht solltest du mal wieder staubsaugen

Einmal kam ich in Gestalt des gemeinen Delphins
Delphinus delphis, ungefähr so:

Und einmal kam ich, um gleich wieder zu gehen

Einmal gehüllt in Federn und Daunen
und einmal mit Tränen in den Augen

Da war eine Leere in mir,
die war gigantisch
Ich war erfüllt von Glück

Und einmal musste ich ganz dringend pinkeln,
ich sagte STOPP, halt an, ich muss ganz dringend

Ich
als Naturgewalt
und Zuckerfabrikant

Und einmal bin ich aus der Tür gegangen
und habe gesagt: So, das war's!
Und dann ist es das auch gewesen

In mir war ein Abgrund,
der alles verschlang
Schau mal runter, sagte ich,
wie's da unten glitzert!

Ich sagte:
Meine Götter sind der heilige
Diercke Weltatlas und Lucky Luke
Meine Götter heißen
Überheblichkeit und Schwermut
Ich rauch die Zigaretten aus dem
Dachfenster raus
Ich sagte:
Was weißt du schon von der Liebe?
Was weißt du vom finsteren Tod?
Ich weiß, dass ich im April 2001
Dreamcast gespielt habe,
bei Müller Markt im Keller,
dass meine Erinnerungen Artefakte sind
einer untergegangenen Zivilisation

Du reichtest mir die Katzenzungen
direkt aus der Schachtel
Und ich sagte: Noch bin ich leicht zu haben
Noch ist alles ein Spiel,
das wir beide gewinnen können

Und du warst so sexy
damals in N.
Unendlich gemein
Du standst mit deinem Schlafanzug
in der Tür vom Badezimmer
Ich sagte: Ich werde das vermissen,
irgendwann
Und du,
du hast dir den Pony aus der Stirn gepustet
und gesagt:
Ich geh mal Zähne putzen
Wir frühstückten Grapefruits
und tranken Weißwein im Bett
Die Vorhänge waren gelb, die Bettlaken grün
Du hast mich geküsst,
genau hier,
und bist gegangen, später gegen zwei
Du hast gesagt, du müsstest deine neue Stelle antreten
Du seist da irgendwie reingerutscht
Du hast mich geküsst
Und ich habe gesagt: Geh später
Oder ich habe gesagt: Ich komme mit
Und du hast gesagt: Sag nicht so was
Du sagtest: Mach dich nicht lächerlich
Die Vorhänge waren gelb oder grün,
Der Ventilator war weiß
Du sagtest, ich muss jetzt gehen
Alle Dinge in diesem Zimmer waren gelb oder grün
oder weiß

Auch deine Klappzahnbürste und die Sonnenbrille,
die sich in mein Gesicht bohrte, als wir uns küssten
Ich sagte: Komm,
wir wickeln uns im Bett ein wie Sommerrollen
Und du sagtest, ich muss jetzt gehen
Und bist ins Bad gegangen
und wolltest nicht, dass ich sehe,
wie du dich umziehst
Ich sagte: Darf ich dich anrufen?
Du sagtest: Nein
durch die geschlossene Tür
Und dein Schlafanzug war grün oder gelb
oder weiß

Du sagtest:
Es wäre schön,
wenn du lügen könntest wie gedruckt
Und wenn dich jemand fragt,
wo ich bin,
dann sag: in Monte Carlo
Sag,
mir das Herz zu brechen,
wäre gar nicht so leicht

Dann warst du weg
Und ich,
ich kam mir leicht vor wie der Staub im Regal,
verloren wie Schnee

Einmal ließ ich mich ein- und ausschalten,
just like that,
und einmal ließ ich alles mit mir machen,
bis ich zerbrach

Du sagtest,
dies ist die Geschichte von einem T-Shirt
die Geschichte einer Nachttischlampe
Aus – An – Aus – An
Die Geschichte von uns beiden

Ich sagte: Ich bin der Staub im Regal,
du hast keine Macht über mich

Einmal flog ich als Baseball weit
über das Stadion hinaus,
in hohem Bogen

Und einmal schaltete ich schon um 9 den Fernseher aus
und ging ins Bett
Das war herrlich!

Und einmal, das war im Februar letztes Jahr,
kam ich als großes Nichts
in die Roxy Bar am Rosenmontag

Hallo!

Ich saß am Tresen
und bestellte 25 Amaretto
und die stürmische See
und den herabstürzenden Himmel
bestellte ich auch
und wankte hinaus,
vollkommen klar
und verwandelt in einen braunen Hasen,
ich schwöre es,
mit einem weißen Fleck auf der Nase

Und wer jetzt sagt, das stimmt nicht,
der hat kein Herz

Und wer Zweifel hat,
der hat Recht,
denn Zweifel sind zu befürworten,
aber hier nicht angebracht,
in diesem Fall nicht

Ich rannte im Windschatten von Lamborghinis
durch die Schluchten dieser Stadt
Klare Taten ließ ich vermissen,
meine Gedanken machten keinen Sinn

Und das ist ja auch schön, dachte ich,
kann ja auch schön sein

Und genau so war es
Genau so ist es passiert

Einmal kam es so
und einmal so
und ein drittes Mal ganz anders,
nämlich so

Und dann –
Dann –

Dann kam ich in meinem dunkelgrünen Anorak
Das war wahnsinnig uneitel, findest du nicht?

Und kurze Zeit später,
traf ich dich wieder
bei T. in der Bernadottestraße
und wir hatten einen wahnsinnig schönen Abend
und als ich wieder zu Hause war,
schriebst du mir genau das

Du schriebst,
du würdest mich gern wiedersehen
Mich, als hinreißende Marotte

Als dein Liebling,
federleicht und braungebrannt,
die Hand in der Hüfte,
ganz lässig,
so

Weißt du noch?
Einmal streckte ich dir die Zunge raus
auf dem Place de la Concorde

Und einmal räkelte ich mich neben dir auf
der Liege am Stand von Portissol

Einmal waren wir glücklich
und einmal waren wir's nicht

Und dann gab es noch dieses eine Mal,
da tranken wir Marqués de Murrieta, eisgekühlt
Ah! Hat dir das geschmeckt

Du sagtest, ich sähe von der Seite
aus wie ein Verbrecher
Das sei dir nie aufgefallen,
wie der Bundesstaat Nevada,
da sei nichts mehr zu retten

Wir saßen an der Bar vom W.,
aßen Steak frites mit grünem Salat

Du sagtest, mit einem wie mir
möchte man nicht gesehen werden
auf der Königsallee

Du sagtest, wie ist es dir ergangen?
Du siehst blass aus

Ich sagte nichts
Konnte nichts sagen
Und JA,
da war eine große Unruhe in mir,
ein Unwetter aus diesem und jenem
Ich sagte,
was hast du denn gedacht?

Und wachte auf als Sternenschauer,
als ein neuer, ja, das kann man so sagen,
Mensch, wahnsinnig gescheit
Und dachte, jetzt hätte ich alles kapiert,
würde alles durchschauen
Ohne zu wissen, was das eigentlich war

Ich lag da, neben dir
und sah dich an
Deine Zähne, deine Augen
Und schon im nächsten Augenblick
waren sie nicht mehr da

Dabei ist immer alles da
Alles ist da,
sagtest du,
und gleichzeitig,
sagtest du,
ist es nicht da

Deine Krokodilstränen sind da
und gleichzeitig sind sie nicht da

Die Monde des Jupiters sind da
Die Monde des Jupiters sind nicht da

Ich würde dir gerne alles glauben,
sagte ich
Wenn du sagen würdest, die Erde sei eine Kugel,
ich würde es glauben
Wenn du sagen würdest, der Tag hätte 24 Stunden,
ich würde es glauben
Und wenn du sagen würdest, dass du mich liebst,
ich würde es glauben

Ich sagte,
könnte es sein,
dass du es todernst meinst mit mir
und dass du lügst wie gedruckt,
dass du gerade
zum ersten Mal ehrlich warst?
Und könnte es sein,
dass immer die Gefahr besteht,
du könntest dich langweilen,
dass immer die Gefahr besteht,
du könntest nicht in Gefahr sein?

Ich sagte,
ich finde einige Dinge gut an dir
Dass du Eistee trinkst
und rauchst im Auto,
dass du stundenlang durch die Wohnung geisterst,
um nachzudenken
Das finde ich gut
Das hat mir immer gefallen

Ich sagte,
ich verehre deine Billardkugelaugen
deine britischen Launen
Deine Serienkiller-Nase verehre ich
und die Zornesfalte, hier,
wenn du so schaust wie jetzt

Oder damals,
wie du durch den Regen
im Englischen Garten gelaufen bist,
das fand ich sehr interessant

Also,
noch mal

Ich kam in Gestalt eines Kojoten
aus dem Schatten der Bürotürme hervor,
verrückt vor Hunger und Wahnsinn

Als Zwergplanet,
von allen verlacht

Und du,
du kamst als Supersparangebot,
als gleißend grelle Finsternis

Und einmal als Kastanie,
die sich jemand in die Manteltasche gesteckt hatte
und kurz darauf neben sich auf den Sitz legte
in der S-Bahn

Einmal verloren wir das Kind im Gewühl
Und einmal in deinem Bauch

Wir sind Ungeheuer, sagtest du,
herzlose Raubvögel, gekaufte Hunde

Und einmal kamst du als langer Februarabend,
als die Leere, die einen zermalmt,
als Stück Würfelzucker,
das sich im Kaffee auflöst

Und einmal,
da funkelte ich kurz auf zwischen den Tannen
im Schnee

Später fand ich mein Herz wieder
auf dem Grund des Swimmingpools
zwischen Laub und toten Eidechsen

Und ich glaubte dir,
du hättest nichts damit zu tun
Und ich glaubte dir,
du hättest es dort hineingeworfen
aus purer Absicht

Und einmal kamst du zu spät,
das tat dir leid

Und oft tat es dir gar nicht leid,
wenn du sagtest, es tat dir leid,
aber in diesem Fall tat es dir wirklich leid

Und oft hattest du schon alles vergessen,
was du letztes Jahr getan hattest

Was hast du letztes Jahr gedacht,
fragte ich dich

Und fragte gleichzeitig mich,
was ich 2019 und 2018
gedacht hatte

Was ist in all diesen Jahren passiert?
Und was wird nächstes Jahr passieren,
werde ich das auch wieder vergessen?

Und letzten September,
an wen hast du da
heimlich gedacht,
als du aus dem Dachfenster sahst?

Und ich fragte dich, wirst du irgendwann
alle vergessen, die du liebst?

Ich rief dich nachts an
und wir redeten
fünf oder sechs Stunden
über unsere Stichwunden
Enttäuschungen,
die wir uns selbst zugefügt hatten

Ich erzählte von meinem
Leben als unbekannter Weltstar,
damals, in Las Vegas
Du von deinen Obsessionen

Ich hörte das Rascheln der Brennnesseln
durch die Leitung
Hörte, wie du auf und ab gingst
in deinem 4000-Dollar-Apartment

Du sagtest,
willst du zuhören, wie ich sterbe?
Ich sagte, ja
Und freute mich,
dass du mit dieser Antwort
nicht gerechnet hattest

Ich sagte, Gott ist tot
Du sagtest, Gott ist deine Zwangsneurose

Und einmal kam ich nackt aus dem Feuersturm,
eine weiße Ratte auf dem Arm, irre kichernd –

Wie wie wie –

Und einmal –

– einmal brach ich zusammen in der Dunkelheit,
hinter den Büschen

Und einmal wusste ich nicht, wie's weitergehen soll im Leben
und war furchtbar enttäuscht

Und ja, klar,
mal kam ich vermurmelt, verschlufft,
mal glockenklar, hör mal, so

So!

Und klimperte als 2-Euro-Münze im Portemonnaie umher

Und kam als dunkelblauer VW-Sharan,
in mir die 4-jährige Annalena
und die 6-jährige Mareike
und die 37-jährige Janina

Und einmal verwandelte ich mich in ein –
Ja was?
In ein UNGEHEUER
In eine kleine Maus

Ja, pass auf:
Ich schlich als Rachegott heran
Und schmetterte
– sssssssssssst! –
einem Windstoß gleich
den Tankdeckel zu

Und dann gab es noch dieses eine Mal,
ich weiß, du erinnerst dich genau,
da liehen wir uns Double Team
bei Videoworld auf dem Kottbusser Damm aus

Einmal schlug ich als Blitz ein,
wie aus dem Lehrbuch
Und einmal stauchte ich die Klasse 6b
mit Donnerstimme zusammen

– Ist das wahr?
– Ja, klar

Und einmal blieb ich bei Rot stehen,
um den Kindern ein Vorbild zu sein,
und vergaß dann bei Grün zu gehen,
weil ich einen Artikel in der Kicker-App las

Und einmal sagtest du, du könntest die taz nicht mehr lesen,
sie sei dir zu rechts

Nein, das war anders
Du sagtest, du könntest die faz nicht mehr lesen,
sie sei dir zu links

Oder nein, warte
Das war anders –

Du sagtest, du könntest mich nicht mehr ernst nehmen,
mich und meine verdrehten Ansichten,
ich sei Marzipan

Du sagtest,
was ich gesagt hatte, sei unentschuldbar

Und einmal
ertönte das Knallen einer Peitsche in der Luft,
als ob ein Dompteur bei seinen Löwen
Eindruck schinden wollte,
nur dass da keine Löwen waren,
sondern Blätter im Wind

Und einmal hattest du gar keine Ambitionen,
du wolltest nichts erreichen
und arbeiten schon gar nicht,
du wolltest nur so weitermachen
und dass das nie aufhört

Und einmal,
ach,
davon fang ich jetzt gar nicht erst an

Aber einmal spürte auch ich diesen Wahnsinn,
da,
in meinem Herzen
Einen explodierenden Stern,
ein Hämmern und Dröhnen
So, so und so
Und den Tod, ja, den auch

Und anders kann es ja gar nicht gewesen sein,
denn das ist die Wahrheit
So erzählte ich es dir wild gestikulierend
am Tresen, ein paar Tage später

Ich sagte,
alles was man sich vorstellen kann,
existiert doch, oder nicht?

Ich schrie ABFAHRT und dann war auch Abfahrt

Und brauste umher,
aufgedreht – durchgedreht – haltungslos

Ich sagte:
Nur wenn wir uns nicht nahe sind,
können wir uns lieben

Ich sagte,
ich hasse dich
Du sagtest,
das sehe ich anders

Du sagtest,
von allen Idioten
sei ich dir der Liebste
Ein harmloser Gehilfe
In meiner Eigenschaft
als Metzgershund gut zu gebrauchen

Du sagtest:
Ich danke dir
für deine Zärtlichkeit
und deine Präzision
und deinen wunderschönen Hintern
Danke

Da standst du
Du mit deinem Adidas-Trainingsanzug
Ich mit meiner Bienenstockfrisur

Du mit deinen Rotweinzähnen
Ich mit meiner Haifischflosse

Du sagtest,
gehen wir ins Hotel und dann essen
oder erst essen und dann ins Hotel?

Du sagtest,
mir stellen sich hier einige Fragen

Du sagtest,
ich möchte dich die ganze Zeit ohrfeigen,
dich mit deinem Seehundgesicht

Ich sagte,
können wir jetzt reingehen?
Mir ist kalt
Ich sagte,
ich hätte dich schrecklich vermisst

Ich sagte,
wir sprechen dieselbe Sprache
doch jedes Wort
bedeutet bei dir etwas anderes
Jedes Wort bedeutet das,
was es bei mir nicht bedeutet

Wenn du von einer Landschaft sprichst,
sprichst du von den Pinien am Horizont

Wenn ich von einer Landschaft spreche,
spreche ich von Gefahr

Wir teilen ein ganzes Alphabet
miteinander
und verstehen keinen einzigen Buchstaben
Wir sprechen und
schweigen gleichermaßen

Ich sagte,
ich würde gerne Zweifel anmelden
im großen Stil

Ist ok, sagtest du
Ist nicht ok, sagte ich

Und dann:
Don't ok me, ok?

Du warst
mal hier, mal da,
aber immer fort

Weit weg warst du
und ich saß hier
und spielte traurige Lieder
von dir und mir
in der Unterwelt

Weißt du denn gar nicht mehr?
Du sahst aus wie ein Motorradunfall, wie Hurricane Arlene
Und ich ging davon, wie ich gekommen war,
als alter Hund

Einmal hast du mir auf die Stirn geküsst
und einmal gabs eine Ohrfeige
– und wie das geklatscht hat

Dann stand ich nachts auf und ging ins Freie
Ich wusste gar nicht, warum,
und stand einfach nur da,
das war doch schön

Und du lagst die ganze Zeit neben mir
als ganz liebes Kätzchen
Jederzeit bereit,
mir ohne Vorwarnung
das Genick zu brechen

Irgendwann,
sagtest du,
wirst du Frieden finden
im Krieg
und Sternschnuppen
im gefrorenen Boden

Irgendwann,
sagte ich,
werde ich dir alles verzeihen

Mich interessiert nicht die Frage,
wie es gewesen ist

Wie es gewesen ist,
dachte ich,
kann keiner wissen,
und wer sagt,
er wüsste es,
der lügt

Und ging auf und ab,
immer auf und ab
zwischen dem Kanal und deiner Wohnung,
in meinen Händen
Gladiolen und ein Revolver,
in meinem Kopf
verblichene Erinnerungen
und eine rostige Schere

Zwei Tage und zwei Nächte
ging das so,
bevor ich müde wurde
Ich setzte mich in ein
türkisches Restaurant,
bestellte Calamari und Schwarztee

Und als ich ausgetrunken hatte,
rief ich dich an und
sagte: Eigentlich wollte
ich dich umbringen,
aber jetzt habe ich es mir
anders überlegt,
jetzt gehe ich ins Bett

Und du sagtest,
nein, geh nicht ins Bett,
fahr mit mir ans Meer,
das Wetter ist so herrlich heute

Wir wanderten durch die Dünen
Von weit her
mussten wir wie
zwei Sweethearts aussehen

Ich sagte,
lass uns die Städte verlassen
Lass uns wie Uhus im Wald leben,
als schräge Käuze
im Schrank

Sei nicht albern, sagtest du
Niemand hat das Recht,
mich zu langweilen
Auch du nicht

Und später sagte ich:
Du bist mein Ende, du bist aus Glas

Wie schön, sagtest du und gingst die Treppe runter,
katakang-katakang,
um dir Zigaretten zu kaufen,
unten am Kiosk,
Kamst wieder nach oben
und gingst wortlos an den Herd,
um Zwiebeln anzubraten,
eine Zigarette zwischen den Lippen,
ganz ernst

Ich stand einfach da,
so wie ich immer dastehe
und dachte an so vieles,
an M. und P.
und an dieses eine Mal,
als wir im Regen durch die Straßen rannten,
um die Fähre zu erwischen
Einen solche Regen gibt es in Europa gar nicht,
dachte ich

Du sagtest, wenn ich nur wüsste, wer du bist
Ich sagte, ich bin der Mann der großen Gesten,
der kleinen Geständnisse,
ein Freund von Antwerpen,
ich sagte, ich liebe so viel
wenn du nur wüsstest,
mein Sternzeichen ist Ozelot

Ich sagte, wir sehen uns im Untergrund,
im Scheinwerferlicht, auf dem Rücksitz des Cadillacs

Ich sagte, sehr verehrte Cowgirls und Cowboys,
liebe Salatköpfe
Ich sagte,
meine beleidigten Schnuten, meine rasenden Herzschläge
liebe Geschosse und seltenen Liebreize,
Sehr verehrte Schrullen

Du sagtest, sei kein Frosch
Ich sagte, mit Amphibien habe ich nichts gemein

Und einmal sagtest du,
du hättest Angst zu gewinnen
Die Verantwortung des Sieges wäre etwas,
mit dem du nicht umgehen könntest

Du hättest Angst
zu bekommen, was du willst
Dann wäre nichts mehr in dir,
außer Ödnis

Du sagtest, was läuft im Kino?
Ich sagte, eine bezaubernde Liebesgeschichte

Du sagtest, du musst mir schon die Augen aufschneiden,
um zu sehen, was ich gesehen habe,
du musst mein Herz auslöffeln mit einem Grapefruitlöffel
Ich sagte, dein Herz ist ein Requisit
Ich sagte, auf Italienisch heißt Grapefruitlöffel
cucchiaio di pompelmo

Du sagtest,
der Herr Bundeskanzler mag die Menschen regieren,
aber einer Stubenfliege hat er nichts zu sagen
Die summt, wie sie will,
auf Macht ist sie allergisch

Und auch ich bin auf Macht allergisch,
sagtest du
Ich bin die Stubenfliege!

Du sagtest,
ich interessiere mich nicht für die Zukunft,
ich interessiere mich für Kühnheit
und das Aufflackern von Licht
auf einem Korbstuhl am Nachmittag

Und einmal lag ich auf dem Sofa
und mummelte mich ein in die Wolldecke,
draußen vor dem Fenster das Tuten der Schiffe,
und was das für Schiffe waren, dachte ich,
Containerschiffe auf dem Weg nach Santos
und Containerschiffe im Liniendienst nach Ningbo,
und trank einen Schluck
und überlegte so hin und her
und hörte durch die Wand die Hunde der Nachbarn bellen

Du fragtest mich:
Würdest du alles nochmal genauso machen?
Und ich sagte:
Jeden Tag würde ich anders leben
und jeden Gedanken anders denken,
jeden Atemzug anders atmen

Du sagtest, warum musst du
immer alles kaputt machen?
Ich sagte, das ist mein Naturtalent

Du sagtest, wir leben in einem Zeitalter,
in dem der Tod eine Tragödie darstellt
und keine Verwandlung
Du sagtest,
niemand freut sich mehr zu sterben

Und ich sagte, ich glaube,
wir tun uns nicht gut
Vielleicht sollten wir uns nicht wiedersehen

Und dann haben wir uns zwei Jahre
nicht wiedergesehen
Und zwei Jahre später rief ich dich an
und du sagtest:
Du wolltest doch
nicht anrufen
Und ich sagte:
Ja, stimmt,
aber jetzt ist es zu spät
Jetzt hab ich's gemacht
Jetzt können wir uns
auch unterhalten

Und ich kam vorgefahren in einem
silbern glänzenden Auto
Doch dieses Auto war gar kein Auto,
sagtest du,
dieses Auto war ein Haifisch,
der aussah wie ein Auto

Und in meinem Mund glimmte
eine weiße Zigarette
Doch diese Zigarette war keine Zigarette
Diese Zigarette war eine Rakete,
die aussah wie eine Zigarette

Und um meinen Hals
lag ein Schal
Doch dieser Schal war gar kein Schal,
sagtest du
Dieser Schal war eine Bärenfalle,
die nur so aussah wie ein Schal

Und ich sagte:
Ich bin's doch
Was schaust du denn so?
Erkennst du mich nicht wieder?

Und du sagtest,
dieses Wiedersehen
ist gar kein Wiedersehen,
sondern nur ein neuer Abschied,
der aussieht wie ein Wiedersehen

Du sagtest, meine Küsse
sind keine Küsse,
sondern Bleistiftminen,
die sich anfühlen wie Küsse
Und dieser Abend, sagtest du,
ist überhaupt kein Abend,
sondern nur die Erinnerung
an ein längst erloschenes Gefühl

Du sagtest, komm wir sterben und verkaufen
die Rechte an 21st Century Fox

Ich sagte,
der Tod in Valparaiso,
der Tod in Wiesbaden

Du sagtest,
der Tod auf dem Boulevard du Montparnasse,
der Tod im Zoologischen Garten

Ich sagte, wenn wir sterben,
werden wir als Stubenfliegen wiedergeboren,
als Filterkaffeemaschinen

Du sagtest, wenn wir sterben,
werden wir gar nicht sterben

Einmal sagten wir das so
und einmal sagten wir etwas ganz anderes

Und einmal flogen wir als Lichtstrahlen
ans Ende des Universums
und dann als Bilder auf eine Leinwand

Und einmal blieben wir den ganzen Tag
im Aquarium vor den Quallen stehen,
stundenlang,
unfähig, noch einen Schritt zu tun

Einmal krochst du aus einem Pfauenei,
ganz verklebt,
und einmal aus einem hohlen Baum,
Ende März

Ich rief dich an
und sagte:
Entschuldigung
Entschuldige
Ich wollte nur kurz
deine Stimme hören
Und das ist schon alles
Mehr will ich nicht vom Leben
Und viel mehr ist das Leben auch nicht
Nur ein kurzer Moment
von Schönheit und Traurigkeit
in der Zeit

Michel Decar, geboren 1987 in Augsburg, ist Autor und Regisseur. Er schrieb zahlreiche Romane, zuletzt *Kapitulation* (erschienen bei MÄRZ), zahlreiche Hörspiele für Deutschlandfunk Kultur sowie diverse Theaterstücke, u. a. für das Residenztheater München, das Thalia Theater Hamburg und das Schauspiel Frankfurt.

Erste Auflage Berlin 2024
März Verlag GmbH
Göhrener Straße 7, 10437 Berlin
info@maerzverlag.de

Einbandgestaltung: Barbara Kalender, Berlin
Satz: Monika Grucza-Nápoles, Cartagena
Druck und Bindung: Finidr, Český Těšín
ISBN: 978-3-7550-0043-3
www.maerzverlag.de